被黑洞吻過的殘骸

陳少 著

目錄

輯三　雙股螺旋變奏

輯四 黑洞的夢

輯一

適合淋雨的寓所

家居

燈泡的思維一閃一滅
於是我們有了更換的念頭——
改用ＬＥＤ寫詩，或者
乾脆倒頭大睡
做一個長長的夢
沒有過剩的光源
招來陰影

究竟底薪兩萬三，能不能養活一對
恩愛的鸚鵡；能不能買下

幾棵待砍的老樹，救活
一坪抵抗暖化的園藝
廁所的黃金葛始終世故
陽台的瑪格麗特以枯萎抗議
虛偽之日光，假意之修剪
窗簾按照自己的皺褶
逐一布置卡片的心願，這裡有床
跟午休有關的理念都裝潢好了

盥洗因為起錨而歌唱
馬桶的漩渦因沉思而遠征
水龍頭的另一端，為剩下的世界
保存一座海洋；隱身在此
不被命名的魚群，此生
不會知道釣鉤為何許物也

拿著望遠鏡的族人
在對街樓頂觀測我的失眠
失準的濕度
讓除濕機不再噘嘴傲嬌
瞳孔裡仁慈的水蘊草
供給淚光一生所需的養分
逐字擺渡的部族子民
或許知道我以後還過得去
放心留下口信；轉身
趕往關懷另一
急需光合及雨水的居家規劃

松果

滾落於腳邊
松鼠在葉隙窺看
腳不經意踢到
愧疚之餘撿起來
端詳，它
竟長得像我
遺傳松的輪廓
古怪、沉靜及隱性的
脾氣，或沒脾氣
豁達的活著

收斂向外的光合
任由星象揣測
像又不像
我

跟其他的松果一樣
來自陽光，來自樹林
又跟其他的松果不一樣
來自不同一棵松
不同的雨量
鳥棲與失眠
多一點點月光
毬果折射
反骨的清澈
堅持靠近

15．松果

個性一些
多麼像
又全然不是
我

彷彿和秋天相關

9月7日

寫到這秒
字開始懷疑自己
是否還能適應燥熱的頁碼

牆長出多肉的菌菇

百蟲盤踞
睫毛是熱帶
無雨的林地

9月30日

再翻一頁
散漫四月遺留的味道
眼袋略有不甘

大滿貫老將黑馬鬥獸
一旦暖身
就有人注定要輸

10月13日

大半夜鼻涕倒流
月球失了音階
指腹守著鍵盤守著伺服器

灰塵奚落
網路重新連線
存取我最誠懇的叛逃

初冬

歉意來得比想像中突然
我想我還不是枝頭
最後一片
枯靡欲墜的葉

飄浮不定的塵粒
影子恍惚長出黴斑
我該習慣
沿著往事一隅
按時擦拭櫥櫃

整齊畏光的餐具

陽光軟弱無力
電腦的文件乾了又濕
鍵盤別類的字音莫名優柔
語言暫時含在喉頭
保持澀澀的餘溫
舌頭嘗試分辨一些意義
體溫逐字翻譯
換季和風寒的摩斯密碼
徵狀貼近真實
不知該升該沉的游移

站在季節的頂樓
端詳漫夜而來的鋒面

21．初冬

電話亭勉強呵出熱氣
向玻璃窗問候幾句
暗示我稀釋
無窮繁複然而
過分日常的十二月

彷彿和冬天相關

11月15日

家蚊總癖嗜
有故事的三房兩廳
肉骨與鮮血潺潺的溫度
沿牆密布成葉脈

12月16日

總要掛上繽紛的燈

戴上紅色高帽唱一些歌
大家朗朗上口的那種
假裝生日
他笑一笑老了一歲
我笑一笑只想離開

12月18日

可以再睡五分鐘
或者更久
像土撥鼠賴在洞裡
即便不是很暖和也沒關係
即便世界頭條也跟我沒關係

1月4日

早上吃了三明治
仍覺得餓
閃過一個念頭想問你
有在這個時候洗過冷水澡嗎
如果花在錯誤的座標開了
你會不會永遠記住

彷彿和春天相關

1月21日

日子適時地寒冷
扉頁以更盛的字句問暖
窗簾始終沉睡
面對突如其來的光線
嘗試不在意
反正陰雨總會驅散陽晴

2月19日

有人的口袋收集種子
點燃其中一朵
春天的極短篇
煙花匆匆
綻放比凋謝要短暫

3月5日

低垂的葉綠依賴露水
視線一片潮濕如
即將說出的話語
彷彿日記就要盛開，就要
氾濫成為雨滴
在收到雷聲之前
窗外沒有什麼值得看

彷彿和夏天相關

5月14日

勉強擦乾最後一滴朝露
返潮的語句岌岌滲出
念頭從落地窗滑落
思緒是具體而潮濕的旅程
每步腳印都熱溽黏膩

6月9日

陽光在臉頰種下青春
痘
幽微且渴望暗處的芽孢
藏身午後縫隙
雷陣雨收起對白
在心裡的城獨自滂沱

7月20日

炎熱的蟬聲瘋狂轟炸國土
太平洋軍艦節節敗退
額頭的汗
如融雪般塌落

8月31日

陽傘用力抱緊自己的影子
夕陽的體溫使玫瑰閃燃
明亮過後的細節上鎖
缺口，迅速龐大
迅速纏繞
那些急須防曬的心事

瓶中夢

1

和你相仿的月光
靜謐灑在窗櫺
盆栽的花又比昨夜
淡了一顆星
起身離開情緒
腳印輕慢如海洋
彷彿就快要
實現潮水
無悔的拍打

2

又是他夜未完成的
夢囈，花朵吐出
一粒安眠藥，絕美
而絕情的盛開
花瓣落在海面
聆聽月色的擱淺
一分一秒釀成漩渦
你拋下船錨
潛入更純的黑
自主
夜的無常

母鄉・基隆

情緒招來漲潮和烏雲
想說的話鎖入一滴雨裡
雙手繼續對折毛毯，還在加班
汗是滂沱的西北雨
悶雷打在疲累不堪的午後
短暫的盹帶妳重新踏上
彩虹的山
妳的容顏是雞籠雨後
綻放的風

父鎮・瑞芳

山依然佇立在那
黑鳶依然盤旋
鐵軌運走煤礦，運走夢境
發生過的陰影還在
剛剛抽芽的種子陪同
腳印下山
在另一座山望著瑞芳
你的淚成為河
以湍急的回憶還原
山的形貌

我城．蘆竹

我已經爬上另一座，自己的山
學習父母一樣姿勢
一樣扎根，草爬上眉間
在潛意識裡花開
捲髮漸漸繁茂如岔枝的樹
我的思想是台灣藍鵲
真誠不勇敢是松鼠
每當悲傷，我需要走進三月
為我鎮守祕密的大霧

他說我的手適合搖筆桿

他說我的手適合搖筆桿
不像他的手
寬寬短短
生得一副宿命樣
掌紋間的藹沉得像一朵烏雲
隨時會引起蝴蝶效應
出現不曾出現的彩虹
毫無雜念
又不合時宜的
那種彩虹

我的手曾經幫未來拔過牙
為暗色的獸指引
回家的路，讓牠
和平生活在
我實踐的小星球上

也曾和他的手
一起捻熄幾根二手菸
兩種手相都重疊著
部分共同的身世

我認真在白紙書寫
或靈感或掙扎的
象形與符號

不知能否配得上
他口中
那雙適合搖筆桿的手

二〇一二

窗外不再流行陽光
所幸看雨的嗜好已經養成
低窪的積水深沉如鏡
反覆倒映逃逸意識
二十一世紀的
頹廢禮儀漸漸成形
磅礴而理直氣壯
並低調翼翼融入歷史一隅
如同藏躲於落葉身後的黑影
彼此結夥，肩併肩遊行

繞過所有主義和體制的步履
沒有人解釋分支通往何處
我們甘願逆流
制止時間繼續闖入

毛玻璃沾附未乾的雨
陸續折射受潮之夢
與熬夜過後新生的鬍髭
重新定義懶散，無所
意義卻彬彬有禮的存在
也懂得將史觀過度的雜誌
整理好，依序擺回書櫃
更多無從歸類的房間
由不具名的藤蔓認養、命名
攀爬被灰塵覆蓋的意念

一切於牆角慢慢滋生
即便現在決定刮掉鬍渣
也是不帶任何
抱負的革命

蘭花

我走入我的夢中
目光看似堅定又多麼艱難
隧道拉出時間的投影
季節隨著淚水滴落
世界注定充滿潮濕的對白
每一行詩都顯露疲憊

迷霧聚攏了思緒
守在懸崖的蘭
讓海浪拍打得如此堅毅

所有的漩渦都倒轉成指紋
用以指認沿途的閃電、可能的暗礁
一艘遠洋的軍艦
在暴風眼測量信仰的脈搏
巨鯨背負一座島嶼潛行
毬果和蛹安穩沉睡了
一期花季

微弱的聲納穿越海峽
穿越森林；銀紫色的瓣
在湖畔輕撫鹿角上的淚痕
漣漪的心跳停泊於此
蜜蜂以複眼預言霧中的花期
目光堅定又多麼艱難
我決定闔眼
順著幽香走出

最終

游出這座島
帶上釣竿、素描簿和灑脫的螞蟻
摺疊好的鑰匙寄放在傘下
枕頭易碎的餘溫
還殘留隔夜
擱淺的夢

從彼端的盡頭登岸
打開軟木塞，讓螞蟻
化為氣候的紋理

演繹緯度專屬的語法
延續圖騰的填空
在浮游座標
開鑿住址的巢穴

循著深沉的軌跡
我的白日夢與當地
曠野的歌謠同樣親暱
沿著爪痕我取出素描簿
勾勒這座異鄉幽微的靈魂
譬如貓和枯樹
遙遠的對望

流浪半個身世
游回這座島

45．最終

曬乾身上的鹽
岸邊的孩童搶著問我
身旁那具
釣竿的故事

輯二

流星劃過血色邊際

以安逸速率崩解

3

只是一樣的動作，一樣的
早晨：兩枚硬幣，奶茶
去冰原味蛋餅
邊吃邊配今天的新聞
抄襲十年後的
今天

2

所有偉大的證明和演算

求出
全球趨近於一項災難性的數據——
什麼都沒有發生

1
紗窗內的飛蛾
沉默得像一幅油畫
畫裡的裸女望了牠一眼
隨後
感到深深的不妥

0
有人在遊行中開槍
沿路瀰漫
烤香腸和爆米花的香臭

只有挨餓的流浪狗
知道明天被拾去典當

病歷表

醫生，我沒有病
縱使世界已被瘟疫籠罩
患者紛紛穿起西裝及高跟鞋
逼迫貓犬遵守斑馬線的指令逃亡
我和兒時玩伴赤腳踏進城市
老師說我：有病

那些季節性八卦蜚語
隨著網際網路演化蔓延
同學一位又一位感染木馬程式

甘願突變成流行病毒
疫苗和防毒軟體只能盲從掛號

工業革命以來充斥各種
更為狡詐的病理學及抗生素
權力和謊言是輕微副作用
二十年來我多次進出手術房
留下醜美不齊的縫合傷疤
睡著比清醒憂心
夢境再也沒有仙女
為童話帶來一籃維生素C
如果能擺在窗台
靜靜欣賞一顆
安詳發霉的蘋果也很健康

我的抗體偶爾引發物質潰爛
最起碼有效抑制資本病灶孳生
無奈人傳人的癌細胞
成績、業績、智慧型手機
迅速寄生
剛剛出院的夢想

醫生，你相信嗎
在夜裡，我的手臂長出羽毛
能夠起飛翱翔
穿梭枝幹粗壯的大樓
比鳥類還適應
果樹茂密般的電線桿
三合院旁越蓋越高的腫瘤

漸漸吞噬水稻的天空
如果善良的細菌一一壞死
我口袋還藏有六歲赤腳冒險的求生能力
醫生，你相信我嗎
我沒病

在馬祖站哨的阿兵哥

令人不安的濃霧來襲
燕鷗早已攜眷避難
燈塔無法判別敵我
往返島嶼的信件、季風和思念
被空襲警報勒令禁假
剛招標的防禦堡壘連夜趕工
小心匪諜就在你身邊

芹壁的大門深鎖
島民拿著祖傳手榴彈

與海灘的詭雷全副武裝
碉堡裡的阿兵哥右手T65K2
左手捏著饅頭默念：今天是
倒數第兩百九十四顆

堡壘總算富麗落成
阿兵哥下哨脫掉迷彩
打好領帶兌換各國幣紙
昂首正步跨進賭場
還沒放假的同袍弟兄
正在渡假村大門舉槍夜哨

不眠之城

城裡的街景永恆明亮
彷彿不需睡眠
以二十四時不打烊
的精髓撬開夢境
白日的情節擅自闖進
沒有燈光的梳妝間
裡面有好多女子
正在妝扮
像閃耀的霓虹
搶當暗夜裡的一輪彩虹

男人換了一條領帶
按照公事包的準則
踢著正步，應酬，學習
如何當一名男人

城裡的男女和今夜
無數的青春一樣
曾經將自身燃燒
成就死亡前
全宇宙的光明
自成一體的星系
與黑洞共生，共滅
但我們還是困在城裡
青春的餘燼成為夢
在黑最深層的領域扎根

59．不眠之城

隨著夜深入角落
於日出前吞下安眠藥
從此不再期待白晝

最佳員工

他決定放棄夢想
盡可能使生活
簡要一點、務實一點
以經理的喜怒哀樂
取代自己的食衣住行
初戀一到春天就吵著要
看櫻花
一年之計在於春
他決定把女友變小三

61．最佳員工

出差途中搭乘飛機
目睹湄公河的氣度
他想起攤販喧譁的淡水河
其實不差
只是髒了點
忍耐一場灑鈔票的應酬
他癱在塞納河畔
眼眶湧出許多髒話
手機一震
禿驢老闆又來電

他終於娶了小四
生了兩個可愛的女兒
今年小五和小六
有時回想當初放棄的夢想

不後悔也不難過
畢竟要升經理了
年薪三百萬
半年沒有性生活
唉
或者不只

孵蛋盆地

男人孵蛋
下巴翹得老高像吃了威而鋼
鋼筋。發言人。套利。世界第一。契約會議。
媒體亮出獵人血銳的眼
拉弓射中頭條紅心
舌戟唇刃，字槍句盾
話題如眾人朝BMW頂禮膜拜
麥克風拭去口水盡責吐信

熱島茂密如夏，騷野的百獸喧譁

雞孵化小雞，山孵化丘陵峰巒
川澤湖沼從女體私泌泉湧
建築師自詡醫師，隧道一針打進盆地
注入柏油、附花園別墅、霓虹ＤＪ夜店
舞池的少男女將彗星摘掛耳垂
月光那卡西早已沒人搭訕

驟雨颱風雨響起戰歌的變奏
用滂沱的拳頭，全力抵擋
新筍猛竄的百尺大廈
貓足鳥爪攀爬長歪的老樹
狗尿灑在擋路的古蹟
以資為證是主人的臥室

車潮莽竄枝椏葉脈

65．孵蛋盆地

泥印落款同意開刀剖肚
微血管藏癌納穢
蛋殼內發出恆星掙扎的芒光
撐破而生

從咀嚼開始

口水氾濫洶湧
味蕾像正負極撞在一起
擊出誘惑的電流
唾液急切造字

翻閱菜單
餵養所有飢渴的子句
形容詞不夠貼近原味
食慾連忙師法
歐式的刀叉禮儀
一層一層解構肉的質地

一層一層褪去意識的紋理
千百種歷史風情蟄伏於
一小片細緻香料，暗自發酵
辛辣來自赤道半島
苦澀來自無從校準的座標
嚥入我的食道，假裝被擄
再以矯情的酵素滲透
滲透我的胃酸
默默潛移我的髮型、時間
觀念和就醫習慣
餐巾抹去貪婪的醬汁
牙籤設法剔除
牢固於齒縫的意識型態
食譜完整消化我們的骨頭
吐出全新一道
制約的用餐流程

有點巧克力

快遺忘是熱帶雨林，這觸覺
像豐乳的婦人剛摘下果實
晶瑩多汁，在墨西哥，在貝里斯
馬雅人那一片可可林
從沒想過船班要去西班牙
要征服歐洲，探險非洲
要替第一次世界大戰充飢
要幫學長唱情歌，追求心儀的女孩
或者女孩旁邊的男孩

因為多雨，所以叢林而文明
詞窮時候來一點巧克力
歌聲伴隨著尖叫都復活了：
你是貴族，我是平民
你是祭司，我是奴隸
瑞士巧克力冰淇淋融化成汗水
是暴雨，在曠野裡摩擦燃火
在火山噴發之前，再一次活人獻祭

七八月夏騷，都市過分肌肉野蠻
雕塑出新興街圖與強壯藤蔓
牙周病在殖民的歷史蟄伏
週末的青春痘也變得大剌剌
視線留意體重計，深刻不忘的數值
必須再甩掉一匹贅肉和多份情感

重複的生活老實又苦澀
假惺惺的甜膩感於是從中發酵
蜃樓持續分泌的節慶氛圍
多少有一點點巧克力

無國界料理

主廚緩緩掀開一道珍饈
上膛的迷迭香迅速俘虜味蕾
羅勒伴著交響樂烹飪議題
八卦的腥味在交談之中流竄
吞入彼此的喉舌
在腸胃翻攪為另一道頭條

兩雙筷子碰撞，一顆人頭落下
閃過刀叉，在桌上彈跳幾下滾落地面
螞蟻富有禮節，安靜排隊

合作搬運至某處不被
輻射掃蕩的洞穴

和平的坦克在新聞裡前進
眼神像導彈鎖定目標
戰爭在肉塊與湯勺之間戰爭
鯨魚的乳房來不及分泌奶水
連同豬骨蝦殼堆疊酸臭
被湯匙遺棄的肉羹成為國際孤兒
戴著血鑽的婦人將一朵香菇挾入嘴裡
大規模的核爆在口中壯烈
用餐禮儀崩解成齒縫
那片不甘心的菜渣
甜點冒出香濃煙硝

一張張飽足的臉融化塌陷
撐著肥腫的身軀，慢慢消化
一座漫火炭烤的城市
乾杯吧！敬三分熟的鮮美

旁邊陪笑的侍者的羊水破了
她想她親愛的孩子
將來會很吃力地
品嘗這個世界

加薩現場

生活在這裡

我們是巴勒斯坦不是巴基斯坦
生活在這裡必須發揮想像力
將自己想像為一隻變色龍
融入沙漠匍伏取水
學生背著書包上學還有刀械
記得把影子藏進口袋以免
被人造衛星製成標本

半島信仰

穆罕默德低身親吻荒涼半島
從魔術帽裡變出石油
石油包裹富裕豢養仇恨
聯合國官員不會講阿拉伯語
彼此以腹語簽署條約
每一塊印章都無關和平
如果有朝一日夢見阿拉我想
拿石油跟祂交換水源或者
保家衛國的武器

哈瑪斯 vs. 以色列

坦克火箭筒子彈依序排列成國土的形狀
失蹤人口與戰機密度形成正比
飛彈披掛國旗威武飄揚
戰車開得多遠疆界就有多大
倖存者是巴黎倫敦紐約的新聞焦點
是的，炸毀民宅只是意外
快逃啊！孩子
那滿天眨眼的亮光不是星星

戰後的天空

孩子拾起破碎的希望
在廢墟裡拼湊一座

擊不倒炸不垮屬於我們
以及大家的耶路撒冷

關於綠洲
記得擰一朵雲，要烏雲
才會下雨

所謂停火協議也無法拭淨
沾染血漬的童年

核能星球

太空船承載電力往返銀河系
二十四小時開燈是唯一選項
大海在夜裡
以LED的湛藍赴約破浪
每一條魚
擁有了夜生活

政府贈予的機器人
會打掃會開車
會禮讓婦孺老弱會節電省水

「感念前人的努力，使我們的日常
能源無虞……」九十%的投票率
贊同未來百年的核能願憬
移民更美的星球

空調定時排放氧
供給生鏞歇業的圖書館
幾本探討輻射物質
——鈽、碘、銫
再也乏人書寫
死亡率成為歷史
於電子書角落的篇幅存在著

逾期的千座電廠
海拔八八四八的核廢料峰

將永遠沉睡
遙遠的五億光年
名為地球之核廢行星

孩子

入城之後
孩子細心照料電腦桌前那盆
從家鄉帶來的植物
每晚以思念澆水灌溉
期待生出什麼
和故鄉類似的夢境

同學敲打鍵盤的速度
略遜於他矯健的捉泥鰍技巧
老師丟回一疊批著紅X的紙張

他小心翼翼地埋進土壤
不及格分解為養分
考卷理解為紙飛機

城裡的摩天樓又高又熱
千扇窗戶像茂密的葉
篩進些許和煦的白日夢
經常使他想起仲夏溪邊
威嚴靜默的樟樹

會議上老闆開罵的氣色
竟和池塘的蚊蚋同樣生猛
具備懾人的口器與野性的母語
午後雷陣雨總會傾盆
「夭壽喔！快來收衣服！」母親以丹田

反擊即將到來的命運

入夜之後
孩子不再懷抱失眠或者噩夢
電腦桌前的盆栽迅速抽芽
枝葉間長得和家鄉的草木一樣
擁有近乎相似的尊嚴

二〇二二年一月十四日

昨夜的激情在耳
一些是電視台跳針
一些是麥克風咳嗽不治
另一些是雨帶來的
無關未來　無關憤怒
更無關
溪水的漲退

斑馬長頸鹿大象排在我的前面
後頭的鬣狗嗅著我的身分證

出生地有沒有莽原的氣息
禿鷹盤踞高空
監控隨時出沒的
獵槍及走私

曝曬七分鐘
我想我手中的廢票
可以摺成蓮花
救苦救難

十八分鐘等同四年？
獅子受不了隊伍煩躁咆哮
犀牛戴上老花眼睛直覺
兩位候選人是雙胞胎

白髮的羚羊夫妻
放慢腳步等候彼此
相互跨過門檻
無關憤怒　無關未來
走出投票所的瞬間
已是圓滿的未來

背對

烏雲密布的下午，終究
悶壞了一雙眼睛、一扇窗、一條
無人的巷。行道樹多麼熟悉
此時潮濕的沉默
陽台上三天未乾的衣物
就快擰出黑夜

電話號碼被雷聲佔線
信函送不到地址
生活充滿機關及圖釘

無從嬗遞的齒輪
長出鏽斑，仍舊會
專注轉動敏感的記憶

一陣暴雨疾行穿越市中心
漲潮竄進街道
經過交通號誌、圓環、巷道攤販
一路向海奔去
無意的水花
濺濕一則新聞播報
模糊的視線看見當時
在此吶喊的人

晨露蒸發，葉脈枯黃
螞蟻一隻一隻迷路

爬上電梯
沒入規律的作息
抵達重複的夢境
時間，形成新的傷口
每面鏡子背後
記憶許多被遺落的名字

曾幾何時
無法承受掌紋具體的重量
該如何從茫茫的脈絡
占卜海末竟的顏色
又有誰曾在岸邊
背對城市
把整座廣闊的憂傷攬進
眼裡

行李擠進月台
笑聲和假期的腳步
與陽光擦肩而過
結痂的傷
隨著日常的河川
潛入廣闊海洋
在最最深處
有一座被遺忘的燈塔
正凝視著

輯三

雙股螺旋變奏

似乎

灰塵似乎討厭掃帚
掃帚似乎更討厭潔癖
有人在書本第一百七十六頁
輕輕挽留一粒微塵

晴天似乎喜歡雨滴
雨滴似乎喜歡不撐傘的小狗
把積水踏得笑聲清晰

神祕似乎習慣了貓

93．似乎

貓似乎也習慣了
笨笨的主人

昨天總是一再出現
明天似乎會後悔
唉，是絕對會

我似乎遇見世界的困境
但我不了解缺少幻想和熱情
正如同
你不了解詩的感受
汲汲營營的人與辛波絲卡
似乎……
沒有任何話題可說

百生

蟑螂爬過明淨的廚房
爬過反光澄澈的碗盤
揀起廚餘桶發霉的起司
爬進晝夜交會的暗管
回到空無一人的墓園
有一朵黑豔之花
斜斜盛放，遮住墓碑的刻字

門前的老人，多像殆盡的蟬鳴
急切地把初戀背給陌生人聽，深怕

多麼深怕，駛進隧道的車廂
會被車窗的風景遺落。
醫生抽出病歷，讓掛號的日期
排隊領取藥品，接納手術
失敗的機率。痊癒的天牛飛出診療室
覓尋一棵理想多汁的樹，沿途可能
被同一隻鳥禽盯上，被某一種
伺機流行的細菌寄生

雲是卵
孵化生命的言說
烏雲演化泥鰍的鬚，再演化
步步苦行，虔誠如僧的推糞金龜；
百合白的雲降生渡河的牛羚
也細心呵護鬼黠的獅、多智的鱷。

成蠶開始儀式，正吐絲如雨
大地結繭、彩虹蛻變
一直有雷
擊中雙股螺旋的序列

螞蟻順著血管爬進我的心臟
在心室和心房鑿洞
築巢，親愛繁衍纍纍的血緣
以方糖、以譜系
填充我日漸空洞的鎖骨
支撐我未完成的肉軀及魂魄；
整座世界就寄居於巨型蠕蟲的腹腔
戀愛尖叫、走私軍火、摘果攀爬或者
念誦經文，學會哭泣以至循環
體內蓬勃的春夏冬秋

惘惘的飛蚊在我的眼裡
互生，運轉唯一無害的生態
無人踏查的邊陲，那些痘與疤
會不會有蛆、蛭等小蟲子
於暗處存活，呼喊這美麗星體
一隻求生的蒼蠅停在嬰兒
滑嫩的臀
不斷搓著手腳
反覆思索芽生的觸感

蟬、蜜蜂、瓢蟲與蝶

蟬

我們信仰太陽
紫外線活化聲帶組織
溫度促進翅膀演化
丹田只容許歌頌一個盛夏
騷騷　騷　　騷騷
　　騷　騷騷　　騷　騷
　騷　騷　　　騷
　　　　　　騷　　　　　騷

奇怪，
這個夏天怎麼特別長？

蜜蜂

踏入社會良久
終於盼得一份理想職缺
追隨前輩的步履翻越丘陵
翻越高速公路，翻越核電廠，翻越電蚊拍……
不遠就是夢寐以求的花園
努力朝著前方尋尋覓覓
可是啊
滿天的廢氣讓我們
嗅不到花蕊的芬芳以及
回家的方向

瓢蟲

色彩的流行早已失序
鮮豔時尚不再受人羨嫉
瞧瞧牆上那隻壁虎
欠缺美感，卻熬過去年寒冬
該向牠學習一些御衣哲學
小心翼翼融入環境
不被昆蟲學家的網子輕易淘汰
在鋼筋叢林如何引領潮流
最合時宜的趨勢
指向枯葉蝶那般前衛弔詭
畢卡索式近乎醜陋的怪誕美學

蝶

無論再怎麼拚命地搧
想地球是再也
搧不涼了

蝴蝶蝴蝶飛進城

蝴蝶飛進城
要先學會閱讀
每一行善意的文字
例如「禁止通行」、「行人專用」
以免不小心
誤闖銀行警鈴大作

過馬路務必遵守飛航規則
計程車，紅燈右轉
飆車族，手持棍棒

行人，低頭玩手機
天橋，偷工減料

在無人的雙黃線迴轉飛行
警方會依監視器
比對辨識每一翅膀圖騰
沒錢罰鍰不要緊
禁止吸蜜
飢餓三十天

小孩子的笑聲傳來
千萬千萬
別靠近
看似善良又可愛的酒窩
他們的手

殘暴肢解過你的初戀

好不容易在鋼鐵城牆看見
一片花海
先別飛得太急
當心一臉撞上
雷射印刷的巨幅海報

蝴蝶蝴蝶飛進城裡
被空氣污染熏黑
被電信財團做成手機
成為生態節目的標本
再也
飛不出去

石虎

我的孩子睜開眼睛
流星和花瓣在瞳孔裡變幻魔術
好奇的小世界就此發芽
我教導我的孩子
耳朵緊貼樹幹
諦聽年輪的樂音、土壤的愛慕
此時的天空變成花園
老天爺以彩虹灌溉蒼穹
花園盛開一朵朵浮雲
天上充滿喜鵲鬩牆的嬉鬧

每一滴雨都是種子

我教導我的孩子
仔細梳理毛髮的脈絡
學習將影子融入山脈的紋理
以眼神穿透清晨的雲霧
指認狗花椒靈性的思維
觀測蜘蛛網如何預言黎明
滂沱雨勢如何演奏河流的旅程
油桐的身世；我們一次跳躍
記載著閃電片刻的靈感
身上斑紋內斂黑鳶的傲氣
蛇的迷蹤，全身沸騰的血液
傳承雲豹英銳的魂靈

一條烏黑發亮的柏油路
將家鄉劈成兩半
蟲鳴變得稀疏，瀑布無法親近
鋸齒狀的蕨揉雜著雨霧
鷺鷥遷往更深的山谷
我教導我的孩子
躲在樹叢數數
一、二、三、四……
八輛水泥車踩過我們的腳印
九、十、十一、十二……
十五對紅嘴黑鵯從此離散失所
耳邊的巨響彷彿落雷
我不忍加減
究竟是第幾棵樟樹倒下

今夜的銀河不再流動
我的孩子疲憊睡去
發出遺傳自父親的低沉鼾聲
一群人類圍著我們
不斷拍打玻璃
閃光燈是唯一不受光害的星子
倖存的同伴被關在隔壁
幾名自由的孩子
開始在自己的土地流浪

我想我的孩子
會在這裡生下他的孩子
他會教導他們
想像漫天的星座與螢火蟲
如何在他們的眼裡開出萬花

思念的水氣如何蒸發
成為花園的雲朵
又如何落下
成為故鄉的河流
兩頰的淚痕

獅頭山的獅子

清晨適合潛伏樹叢
舌頭舔掉鬍鬚的露水
獅裂嘴，深深吸一口氣
帶來山麓丘陵的強風
呼喚狂放不馴的大霧
宣示這裡擁有野性的傲嬌
沒人知道有一頭獅
與我們相隔一朵雲的距離

躺著就是一座山

獅的鬃毛綻放一片林地
樹梢的岔枝，比三千煩惱茂密
綠藤蔓延千萬難題
例如開發或保育
砍伐或播種
問題刻出獅的額頭紋
牠皺眉深邃的臉
是堅定的丘壑

獅子不喜過勞，固定兩點
午睡，牠的呵欠感染四腳蛇
台灣熊蟬，穿山甲
在不遠處動工的怪手
也跟著呵欠
陽光懶洋洋趴在獅子

棉被般的肚腹

鼾聲是微微的小地震
石虎寶寶翻身
茸茸的捲尾在鼻頭擺晃
靜謐的時光輕輕發癢
一隻毛毛蟲在皮膚蠕行騷動
睏意快要噴嚏
忍住，不打
明天就可以撲一隻蝶

獅的手掌粉紅柔軟，心腸粉紅善良
栽種的草莓粉紅鮮美
紫嘯鶇和綠繡眼逗留品嘗
山城的空氣

嗅起來有粉紅氣味
烏秋在獅子的頭毛修剪施肥
園藝許多花草
編髮為巢，孵蛋成家
夕照將石虎散步的足跡拉長
獅大笑，信手將謝落的油桐花
插在耳際

在沉思的夜裡，獅獨自
仰臥遙望銀河
獵戶還沒發現牠
沒有光害，這裡的夢沒有被污染
大熊和天鵝搖籃清唱
獅睡著打呼的時候
會成為閃爍的星座給人許願

豆子埔溪的蝦寶寶

你的誕生寓意著宇宙的良善
在豆子埔溪，在銀河子宮
不需要夢境虛幻
也會有你
寫意而樂觀的搗蛋

我願守護你
陪你聆聽母親河驚蟄般的
叮嚀抑或豔夏蟬鳴般的嘮叨
你無非純粹

嬉戲與睡相之間充滿想像
鼓起臉頰啵啵啵吐納無邪泡泡
都是理想的調皮

你伸長觸鬚常常讓我想起貓
那抹自信側身，偶爾憂愁
遁入我所不及的時空看雲聽鳥
一如無衣師尹焚香冥思
有過惆悵有過抱負
河面白鷺鷥柔軟的倒影
能否為你捎來靜謐

如果我無法守護你
你會堅強、成長
像儀隊禮兵踢著正步

晝夜守護我們的陰晴圓缺
慢跑過後的放晴
成為山綠　成為海明

午夜曲

光害都退回了燈泡
忘記太陽
忘記ＬＥＤ的謊言
一顆未知名三等星
扮起了鬼臉

純黑適合思念
適合默哀
也適合閉上眼睛
聽蟋蟀吟詩

攪拌並稀釋浮躁的日常
青蛙好心鳴叫
掉進水溝可不負責

黎明不用急著趕來
這黑
剛剛好濃淡合宜
斟滿一壺熱茶
呵一口氣
螢火蟲最懂得
提燈狂草

不勝酒力的繁星
喜歡這樣子靠近宇宙
酒窩在夜裡亮得雋永

119．午夜曲

一輪月弧般的滿足
枕在雲端
一滴口水
落在貓頭鷹頭上

雨巷

雨濃密地穿梭時間
迷濛的巷口漸漸清晰
風勢在門牌面前捲走昨日
爐灶失溫的光影，徒留
攀藤的記憶尚未修剪
彷彿填了又補的水泥路
縫隙裡沉睡垂老的雜草
允許一朵迷路的花
入夢躲雨

貓何嘗不是
部分的雨，在屋瓦
磨了磨爪子，仔細翼翼
舔撫嘴角那撮
極度不安的濕度
雨急急直落，烏雲
聚攏所有恆常的情緒
一窪水，無聲無慮無往昔
點點盛開的漣漪
從不依循季節凋謝、衰朽
或者忘卻身分的細節

一隻淋濕的鷹鳥飛來
在巷口盤旋，沒有稍作停留
便朝向另一滂沱大雨展翼而去

留下一陣疾風，喚醒
布滿塵苔的姓名
於是和巷隅
相互依偎的影子有了體溫
大雨敲奏每一片鐵皮
宛如節慶般響徹豐沛的雷電

夢別

微顫的手指還是聽話地關掉電視
他打起精神，微笑並默念
「晚安」

如往常般走回房間
忘記呵欠打過沒
摘下眼鏡放在昨天
放在的茶几上
二十一點零七分

夢又來找他
這次不用找鑰匙
　不必趕時間
　　不需要小心別人的眼神

柔軟的髮
慢慢變細漸黑
彷彿回到八十年前的他
捉蟬、竹蜻蜓、打水漂
雙手數不完的探險

他在夢裡
向躺在床上的他揮揮手
充滿感激地
道別

深山練習

獨留你在山中
順著溪徑溯游而上
低身飲水的鹿
抬頭，以清澈的眼神穿透
你亟欲沉澱的心思

樹冠篩進受傷的日光
鹿角依然那樣靜謐堅強
森林低語迴盪
彷彿知曉你的前來

聽水，漫步流過耳際
灌溉一朵
透明的蝴蝶
慢慢開闔孤單的情感
一條長年無人造訪的深山步道
全都蓋滿苔蘚
長出深邃的年輪

針葉林的深處
有一座收攏淚水的湖
漣漪充滿情緒粼粼的漸層
像一道艱難的數學習題
你以目光演練，以呼吸運算
窮極畢生光合且泥濘的公式
誠懇又敬畏地

尋求解答

錯綜的藤蔓
遍布敏感的荊棘
警戒著逆光的風勢
蔓生又分歧的念頭就快引燃
大火
千年的神木靜默
如占卜師通曉預言
殘酷之時以落葉述說豁達
你選擇張開雙手
以今生的肉體換取來世的魂靈
餘燼將化為永恆

衰朽，循環成新生

雨水或許老了
聽季節敘述一堂關於哲學
思辨的時間對話
從蟬短暫而壯麗的修行
到萬年前生存於深海的貝類
今生相擁沉睡在山脈中心

黎明的雲層反覆厚實
顫抖又堅決的奔雷
承載前世的許諾
只為一次靈感而閃爍
巢裡的鷹鳥都展翅遠去
一根緩緩飄浮的雛羽
正在深林感受
大雨紛落的初衷

以海丈量

那時海嘯翻騰造愛
文字還沒形狀，星星還沒睜眼
巫者打了第一個結繩
岩石和樹溫暖有光
後來夸父說
北回歸線通過這裡

那時海還很年輕吧
島鍛鍊一身肌肉
扛起陸地，鋤起城的輪廓

蜥蜴與蟾蜍選好自己的斑紋
如灌木叢害臊
如泥沼騷莽
我深信島上的懸崖和回聲
都在海裡潛水過

大冠鷲的先靈
仍在出生的領空盤旋
幽隱而具體的迷你水塘
飛舞著蟬蝶鳥禽，爬行著犬蟻獸族
冥冥中
與浪花邁出相似的步伐

海只是熟睡
在深處發出更波瀾的囈語

高山千年的鐵蕨檜木
會在湛藍的夢裡
重返踢腳打水的片刻

夢與幻

景象被切割
進入不同的瞳孔
麻雀與秋對視
有些時刻反射如鑽石

期待的回音還沒有來
將你吐露的河懸在邊境
一句一讀構成漩渦
漩進耳蝸
演繹跳動的祕密

枕木鋪向月球
決定借一朵雲躺下
引力就位
習慣的速度恆定緩慢

很有可能明天也是這樣
扛起晝夜
或許勞動或許諾言
床沉入夢的斷層
確切的世界會如期睜眼

北極海諾言

・

陽光徹底乾裂
冰融得跌跌撞撞
結晶以前
你是火山
噴發炯炯的，炯炯的
沸點

我們以前擁抱得那樣純潔

剛毅
形狀都無窮真誠
和整齊的牙齒一樣
勇於面向氣旋
不可逆抗的洪災

我哭你笑
化成地凍的極圈寒流
我看起來不是堅強的人，是吧
無法多走一步
承受那謊釀製的約

・

冰有可能，慣於孤感
過分智慧而寡言
極地海魚鍛鍊牙齦
將恆常零下的語言磨利

火有熔點，凡事的開端：
懷疑蘋果
懷疑孤單
懷疑所有清甜感

懷疑蘋果想痛
而墜地
甜

是因為孤單鎔鑄

感知如是肌理
遠念趨向隱祕
果決
呼吸而不輕易說出

宇宙觀

妳一定感覺到了
宇宙，一天比一天擴張著
道別早餐，我們
既定的軌道逐段疏遠
妳急切探究，才會在陽台紮營
當起天文學家，按時觀測行蹤的閃滅
究竟如何揚帆，如何航行
橫越浩瀚又暗礁的銀河

妳舉起遠比日常深奧
沉重的望遠鏡，吃力記載
當初發現、命名的星子
會不會在闔眼瞬間，偏離航道
將黑洞的花火誤解為青春
妳伸長脖子張望，即便
燃燒的隕石還在光年之外

流星在妳眼裡劃過幾滴
淚——那些焦急的許願
快被現實淹沒，變成
和妳相反的願望

怎麼會呢？以前我們
那樣親近：妳的小衛星

總是以裙襬中心公轉
彈奏嬉戲或哭鬧的音階

（此時我已離開麥哲倫星系
往不知名星座靠近……）
餐桌的燭火是北極星
切好的水果
靜置一旁

放下望遠鏡，妳返回臥房
縫補皺褶及破洞的星圖
反復搓洗光害
再掛回夜空，試圖
讓記憶重新閃爍；彷彿
我還襁褓，在妳懷裡伸手

想把滿天星光全部抓進手裡

於是妳獨自在市場自轉
猶疑，那些垂涎與挑食的味蕾；
我在另一多淚的星系，撐開妳
避雷的傘。胸口的指南針
收攏昔日相伴的座標；穿越天文
我們就在宇宙之中
依循既定的軌道，繞過
星辰美好與黯淡的軌跡
返抵星和星之間
最靠近的渡口
遙望彼光

輯四

黑洞的夢

騷

百般無賴的颱風夜
摳下腳皮就近聞一聞
孿生的細胞組織
是否按照自己的劣根性
踩碎桌腳的洋芋片
冰箱的牛奶喝完一半
乳臭味是光年之外
跑跳瞬間翻倒的壞童年

十七、八歲快按捺不住
情與色的費洛蒙
飽滿的私癖凝聚蜂的尾螫
肥甜的蜂停在你的臀、你的腦
一切欲望灌注體內
邪念騷動在器官間碰撞繁殖

逼迫你離開既單純
既躁動既污染的青草泥土
沿途滿地狗屎菸蒂檳榔殘渣
上下班不停和肩膀擦撞
穿上黑色套裝，紅底高跟鞋
扮演光鮮亮麗的行屍走肉
香水古龍水灑遍全身
掩飾被名利權位煙熏

腐臭包裹從未活過之靈魂

睡著像是死去
死去又赤裸裸誕生
床上一條殘破不堪經歷歲月縫補的毯子
吐露嬰孩的甜熟氣息
如此眷戀一場幼稚的夢
口水與枕頭纏綣的私我嗅覺
正在翻身噬夢

我親愛的D槽小孩

鍵盤是卵子，滑鼠是精子
透過我作媒的眼光
你們在D槽
相愛　纏綿　放縱情慾
擁抱高潮
繁衍無數兒女
相貌姣好的幾位
那少數幾位
娶了副刊　入贅詩刊

你們，多數的你們
仍在D槽
過著自由奔跑的生活
你們謹記
這麼多曾和你們一樣衝勁的孩子
今生禁錮在
獎盃和封面

我最最親愛的孩子
如果沒人青睞你們的長相
我也會拚命為你們鼓掌
讓你們盡情
在D槽
相愛　纏綿　放縱情慾
擁抱高潮

即便生下蟲群或異形
也是我
最驕傲的福氣

三個死會的人

第一個死會的人
說，我死會了。（後門：11/20 PM1:13）
早知道就點牛肉滑蛋飯
烏鴉從U-bike上空飛過
拉下一坨屎
眼看樹苗要發芽了
忘記前一句是你對愛情的看法

第二個死會的人
說，我似乎死會了……（fb：11/20 19:42）

澤拉圖乘坐的宇宙船拋錨
迫降在八里夕陽談戀愛
巴黎左岸的人比較喜歡寫詩
信義線通車的時候
你幫忙阻止一顆核彈爆炸
我們在象山喝了一壺
絕不是酒，因為有人痛風

第三個死會的人
說，其實我有了。（Line：11/20 PM 8:36）
我寫過一首隕石掉下來的情詩
而不是流星
流星太薄，一劃就瘦成線條
還沒落地就蒸發不見
可是我心愛的隕石

會直接在你家門前炸出一個洞
不用出門
你也會永遠記住這個坑洞

廣	告	回	信
板橋郵局登記證			
板橋廣字第83號			
免	貼	郵	票

舒讀網「碼」上看

235-53
新北市中和區建一路249號8樓
印刻文學生活雜誌出版有限公司　收
讀者服務部

姓名：＿＿＿＿＿＿＿＿ 性別：□男　□女

郵遞區號：＿＿＿＿＿＿＿＿

地址：＿＿＿＿＿＿＿＿

電話：（日）＿＿＿＿＿＿＿＿（夜）＿＿＿＿＿＿＿＿

傳真：＿＿＿＿＿＿＿＿

e-mail：＿＿＿＿＿＿＿＿

INK

NK LISHING

讀者服務卡

買的書是：＿＿＿＿＿＿＿＿＿＿

日：　年　月　日

歷：□國中　□高中　□大專　□研究所（含以上）

業：□學生　□軍警公教　□服務業

□工　□商　□大眾傳播

□SOHO族　□學生　□其他＿＿＿＿

書方式：□門市＿＿書店　□網路書店　□親友贈送　□其他＿＿

書原因：□題材吸引　□價格實在　□力挺作者　□設計新穎

□就愛印刻　□其他＿＿＿＿（可複選）

買日期：＿＿年＿＿月＿＿日

從哪裡得知本書：□書店　□報紙　□雜誌　□網路　□親友介紹

□DM傳單　□廣播　□電視　□其他

對本書的評價：（請填代號　1.非常滿意　2.滿意　3.普通　4.不滿意）

書名＿＿　內容＿＿　封面設計＿＿　版面設計＿＿

完本書後您覺得：

□非常喜歡　2.□喜歡　3.□普通　4.□不喜歡　5.□非常不喜歡

對於本書建議：

謝您的惠顧，為了提供更好的服務，請填妥各欄資料，將讀者服務卡直接寄回或真本社，我們將隨時提供最新的出版、活動等相關訊息。

者服務專線：（02）2228-1626　讀者傳真專線：（02）2228-1598

風暴途徑

精準預測一場風暴的潛勢
我竟有些，笑意
像一口布丁將要入口
即化的世界
遺世的甜感彌留嘴角
再舔一舔
暴風圈就要觸碰你
躲不了
老是被當鬼的人抓住
然後當鬼

俯瞰一切慌亂的排列
一步一步，莫要急
我們晾在暴風眼中央
假裝時間還很晴朗
適合看太陽
（太陽為自己的窠臼
感到抱歉）
日記和座標捲上天空
車窗專門收容逃家的雨
在視線內盡情塗鴉
不怕、不怕
我已不怕
雨過一定天晴？
末日的密碼早遭竄改

刪掉你的留言之前

早就知道你會這麼說
句子的陰影和每日的形狀我都熟稔
窗簾擋住太無害的天氣
乾燥，呆坐，讀秒
我懷念颱風假
颱風也有體溫，也是歌

猜想梅雨時候
鳶鳥忙著拖曳彩虹
亞熱帶的邊境閃著隱雷

我們的聲音總是摩擦，你說
一萬字堆砌的塚
竄出野火燃遍密林

誰說我送你的是花
是熊焰的火炬束，有棘刺
只誤傷我的手心
誤傷那些仔細輪廓的留言
通訊信號因霾霧關閉
一定是月潮或太陽風在妒忌

背包客跋涉蔓草的遺跡
踏查海嘯來襲的那天早晨
明明上一秒還是
雨後抽高的青春期

下一秒 Skype 卻已遺留你
親吻般的巴掌烙印

心理學情人

念頭轉身成第三者
復仇主義在戀愛的腦細胞
抒情重組
拆卸你的唇，與每一根髮
關鎖抽屜的鏡子裡
將炸彈塞隱在情人的影子
引信交給虔誠的妒忌
任何一種恐怖片
起源趨近於愛

噘起嘴
口吃如花似鬼
糖分追加
蟲蟻排隊爬進情人冒煙的孔
耳朵、鼻子、肚臍眼
摘幾根甜膩的睫毛鋪床
牠們說
這裡是甜蜜的家

急急如律令
床上長年動亂
棉被徒留枕頭流血的遺臭
許多飽足的幽靈睡著
餅乾屑的溫暖廢墟
蒼蠅交配

在腋下誕生一窩蛆寶寶

獨角馬嚥氣前嘔出一則神話
二〇一五求偶的人
會像舊石器時代的河谷洞穴
掬水不穿衣服
讓鱷魚偷窺
讓黑猩猩鎖定搶妻

女王蜂是不會愛人的
陽台曬衣竿有工蜂
嗡嗡嗡覓尋貼身衣褲
昨晚親恨的遺物已是版圖
將生殖器分泌的漿液
拿回蜂巢煉毒

真想把你
把你生巧克力的墨眼珠
一口吞下
讓你看見
我的食道我的肺腑
還有我全部全部的內在

歡迎登入地球 Online

親愛的玩家您好
此遊戲涉及冒險模擬
過程暴力下流血腥無恥但保證
男女老幼鐵定咸宜

時空是NPC
證照文憑多寡的經驗值
比灰塵每活一秒加倍升級
背叛的禮節是必修科目

選修勾心鬥角的江湖學分
足以呼風喚雨下個世紀

扔擲求生的骰子
占卜活著的價值
螞蟻不停搬運籌碼
與下水道的蟑螂看誰
最終稱霸太陽系

冬天正與夏天激烈拔河
洪患和乾旱是華麗智謀
別擔心全球暖化冰山融化
火山隕石幽浮末日統統屬於
有益資本之無限迴圈

植物當機不再吐哺氧氣
食物鏈的更新檔
累積政客外掛的 bug
請直接 mail GM

蜂群對於翻花採蜜感到乏味
北極熊覺得南極太遠
放棄第七十九關紛紛按下gg
看護拍痰的 rap 以及對街
葬禮響徹榮耀的過關儀式

達成史詩任務讓後世仰慕你的名字：
　六千五百萬年前　　恐龍滅絕
西元一九一四　　第一次世界大戰
渾沌或璀璨的未來　　等你來開創

親愛的玩家提醒您
遊戲每隔一生
切記讓靈魂
休息一世

八〇

我們將頭髮染白，提高分貝
策動一場矜奇又先鋒的嘉年華
遊行者駝著背、拄著拐杖
攻佔每一處狗屎遍地的公園
鑿一座冥頑固執的地下堡壘
縱使膝蓋不能如願彎曲
大門也要設在下水道
用力吶喊芝麻開門！芝麻開門！

「密碼錯誤，
　禁止進入。」
沒辦法，誰叫我
養了一頭
忠心耿耿的阿茲海默

丟掉假牙、丟掉老花眼鏡
高舉五十肩的臂膀
抓緊公車拉環
我們青春活力
和博愛座的小夥子一樣熟背
索隆、女神卡卡和賈伯斯

用盡幹架力氣踐踏積水
水花飛濺如朵朵黑豔之花

在人人必經的甬道恣意綻放
廢棄建築那道褪色的嘻哈塗鴉
是年少狂飆的處女作
下一幅無論印象派
野獸派或者帕金森氏派
在市中心潑墨裸體畫
讓我們最後一次
尊嚴的落款

飛翔的追憶緩緩迫降
帶我回到五歲六歲快記不清
反正當時整座山
都有我們挑食愛哭
赤腳探險又不怕
跌倒的笑聲

第三號星球紀史

1

冰山逐一融化
魚群能否躲進
更深、更安全的海底峽谷？

2

珊瑚礁不見了　小丑魚不再鬼臉
滑水道融化了　企鵝寶寶失去童年
孩子失蹤了　鯨魚呼喚海嘯
沒有珍珠做嫁妝了　美人魚冒出白髮

3

地球海考察日誌：
　獨角狐面鷹身獸曾在倫敦
　大笨鐘遺址發現
　以為絕種十世紀的白鯨母子

4

穹拉瑪年界
螢光紫膚裡流著玄黑色血液生活在
第四百七十號星團ζ星球的
宇宙家於太陽系第三號行星挖掘出
一大批一大批
埋在深海各處的不明固體
俯瞰　形似葉面
側望　像倒立梯形

外銀河第二大報——《黑洞公報》今日頭版：

人馬星系的科技史權威大膽判定

「這項宇宙考古出土，將使水上交通發展史得以完整。」

Atmosphere

星與星瀕死
分娩疼痛的歌頌
漩渦的命名
那炯炯的黑洞
指涉彼此的呼吸

我們愛過，也恨過
在蕈雲之前
祕密翻覆。天瀰漫著
警戒的大氣層

流星即將墜落變革

疾速運轉的高壓電塔
電流干涉夜的旨意
僅存的花
盛開，接收大氣
閃燃穿越的碎裂信號

星系的女駕駛員
在明滅的引力中巡弋
部署柔軟的邊界
受難的淚，敏感的精神
病與銀河

幽浮，像緊閉的蚌殼
躍傳光年的次方
探勘遺落的邊境
傳布祂或她
無從占卜的預言

新星S遍布詭雷
殘餘的戰隊逐一死去
血還沒乾涸
複製人重組意識
決定摒棄用火的文明

上顎漸漸龜裂
遺跡風化；蛻變的殼在考古
一頭獸

背負一座口腔的宇宙史
神話慢慢從牙齦滲出

蜜乳頭，星之儀式
簇擁清澈如海的
母乳——溫柔的浪
拍打月光，並且饒恕
排隊虐咬的蟻群

后蟲的子宮
鋪滿蟲胎的基因藍圖
行星上一個物種的死亡
異形會在另一大霹靂中強忍痛楚
演化出光的羽翼

Earth：地球
意思是新生如嬰兒的細胞
在指尖，不停顫抖
害怕乳房隨時會
被捻菸的指腹傷害

水星

背對夏焰，往事形成深淵
天文學者寡言如望遠鏡
沒有一場太陽風暴
可以精準占卜情感的路徑
會在誰的肋骨登陸
以肉身苦行
用盡力氣焚燒星體的生滅

溫泉

無瑕疵的迷離空間
如森林散開
爪蹄和羽族尋找彼此的影子
每步泥濘都是覓索

血液的流動是暗房
簇擁黑影底下的躁鬱
臨摹拉坯的餘溫
捏塑專屬寄居的容器

遺忘自己曾泅泳於羊水
早已習慣
在黑暗的疆國遷移

錯願

流星閃燃
光在光的背後顫抖
像一隻受到驚嚇的幼貓

或許我們所處的星球
和域外千億顆星球一樣
被光年彼端的對象命名

被許願，被惦記，被飽滿

負荷過多的希望而墮落
一顆暗滅的星啊
蒼蠅已經迫不及待

眼球

舌頭在誰的身上摩擦

像火柴劃出黑洞
影子被拉長
吞噬悲傷的玩笑
容忍一切關乎趨光的謊

眼神被花粉煽動過敏
現實無法恆常輪迴
不斷灌以清澈的心願

蓄一座深邃的池
無可選擇在此修行餘生

水蛭

附著多餘的念
語言未乾
烏雲撫摸瀕死的潟湖

雨受了傷跌落屋簷
蓄滿的水窪
肯定看過貓哭過的樣子

黑太空

寡婦蜘蛛噴絲
不停編織宇宙雲系
夢想和絕望黏附蛛絲的經緯

占卜者看見恐懼
孩子們看見宇宙碎裂成一塊塊
飄浮的仙草

他們拿起吸管吸吮
熄滅午後蟬聲的孤寂

作者簡介

陳少（陳亮文，一九八六—）

台灣桃園人，元智大學財金系、台北教育大學語創所畢業，個人創作簡歷為「勇敢的詩帶著不勇敢的人繼續往宇宙探勘」。

曾獲詩的蓓蕾獎、林榮三文學獎、台灣詩人流浪計畫、全國優秀青年詩人獎，擁有部落格「喜歡這樣子靠近宇宙」，作品入選《2009年臺灣兒童文學精華集》、《2013臺灣詩選》、《2014臺灣詩選》。

INK PUBLISHING 文學叢書 464

被黑洞吻過的殘骸

作　者	陳　少
總編輯	初安民
責任編輯	鄭嫦娥
美術編輯	陳淑美
校　對	陳　少　鄭嫦娥
發行人	張書銘
出　版	INK 印刻文學生活雜誌出版有限公司 新北市中和區建一路249號8樓 電話：02-22281626 傳真：02-22281598 e-mail:ink.book@msa.hinet.net
網　址	舒讀網 http://www.sudu.cc
法律顧問	巨鼎博達法律事務所 施竣中律師
總代理	成陽出版股份有限公司 電話：03-3589000（代表號） 傳真：03-3556521
郵政劃撥	19000691　成陽出版股份有限公司
印　刷	海王印刷事業股份有限公司
港澳總經銷	泛華發行代理有限公司
地　址	香港新界將軍澳工業邨駿昌街7號2樓
電　話	852-2798-2220
傳　真	852-2796-5471
網　址	www.gccd.com.hk
出版日期	2015年10月30日　初版
ISBN	978-986-387-063-0
定　價	240元

國家圖書館出版品預行編目(CIP)資料

被黑洞吻過的殘骸／陳少作. --初版.--
新北市：INK印刻文學, 2015. 10
188面；14.8×21公分.--（文學叢書；464）
ISBN 978-986-387-063-0（精裝）

851.486　　104019458

文化部 MINISTRY OF CULTURE 出版贊助